BIBLIOTHEQUE

CHRÉTIENNE ET MORALE

APPROUVÉE

PAR MONSEIGNEUR L'ÉVÊQUE DE LIMOGES.

6ᵉ SÉRIE.

Tout exemplaire qui ne sera pas revêtu de notre griffe sera réputé contrefait et poursuivi conformément aux lois.

Une Persécution en Chine.

LA
JEUNE HÉROINE.

PAR

M. L. DE MONTMÉLIAN.

LIMOGES.
BARBOU FRÈRES, IMPRIMEURS-LIBRAIRES.

1858

LA
JEUNE HEROÏNE.

CHAPITRE PREMIER.

Sur la fin du seizième siècle, deux vaisseaux équipés aux frais de Walter-Ralegh , un des hommes les plus célèbres de l'Angleterre, prirent la route des Canaries et des Antilles , et se dirigèrent vers la côte orientale de l'Amérique du nord , à la hauteur du cap Hatteras.

Les expéditions aventureuses qu'avaient suscitées de toutes parts les découvertes de Christophe Colomb s'accomplissaient depuis long-temps au profit d'autres puissances européennes, sans que la Grande-Bretagne se fût encore présentée à ce partage du Nouveau-Monde.

Le génie de Ralegh vit une place pour une nouvelle Angleterre entre la Floride et le Canada; le premier, il imprima le mouvement qui devait fonder dans ces régions centrales le groupe puissant des colonies anglaises.

Dieu confie aux brises de l'air, au cours des fleuves, aux mille oiseaux du ciel, le soin de transporter de coteaux en coteaux, de rivage en rivage, les germes de cette végétation qui forme la parure naturelle de la terre : ainsi, dans ses mystérieux desseins, la barque de Ralegh, comme on l'appelait alors, allait déposer, d'un continent à l'autre, le germe fécond d'une civilisation nouvelle, d'où sortirait un jour la grande confédération américaine. Qui eût vu ce léger esquif glisser en silence sur le vaste Océan eût-il pu croire qu'il portait une si grande part des destinées du monde !

Les deux vaisseaux abordèrent dans l'île d'Occacoch, au midi de la baie de Pantico.

Les passagers furent surpris de la fertilité du sol, du luxe de la nature, de la multitude des plantes fécondes, de la variété des fruits élégants ou inconnus qui frappèrent leurs regards dès les premières explorations. La terre produisait spontanément le maïs, les melons ; la vigne sauvage dont les rameaux s'entrelassaient aux arbres et y suspendaient ses grappes abondantes, les cèdres, les sassafras, déployaient devant eux une magnifique verdure. Les relations qu'ils essayèrent avec les Indiens furent faciles, hospitalières, et les deux vaisseaux ne tardèrent pas à reprendre le chemin de l'Angleterre pour y porter ces heureuses nouvelles, ces riches espérances, laissant aux contrées qu'ils avaient reconnues le doux nom de Virginie.

Un homme resta. C'était un religieux catholique nommé Burlow. Avant de se séparer

de ses compagnons, il leur disait : « Les
conquêtes de territoires peuvent s'ajourner ;
pour les accomplir, il faut assembler ses
ressources, choisir le moment favorable, at-
tendre et saisir l'occasion. Les conquêtes de
la foi ne se remettent pas ; elles commen-
cent pour nous le jour où nous sommes en
face de l'idolâtrie. Messager du Christ, j'ai
pris terre ; je vais planter sa croix. Que Dieu
me garde et vous ramène ! D'ici là, nos
pensées se rencontreront dans la prière, qui
ne connaît pas de distance. » Il bénit l'é-
quipage ; on leva l'ancre ; long-temps ses
regards suivirent la voile que les vagues se
transmettaient l'une à l'autre avec un balan-
cement majestueux, jusqu'au moment où
elle sembla descendre derrière l'horizon incli-
né, et disparut entièrement. Il était seul ;
mais Dieu demeurait : Dieu est toujours et
partout.

CHAPITRE II.

—

» Le moine profita des rapports établis avec quelques Indiens , se fit conduire dans leurs barques à la magnifique embouchure du Potomac , et s'avança sur le nouveau continent. Il remonta le fleuve jusqu'à ses premières chutes , dans la direction des monts Alleghanys ou Apalaches , qu'il présumait être le centre de ce vaste pays. Un instinct religieux nous attire vers les hauteurs de la nature ; on sent que la pensée doit s'étendre avec le regard , et la contemplation des grandes œuvres de Dieu se confond si intimement avec la prière qu'elles semblent prêter à notre âme deux ailes d'une égale puissance pour l'élever jusqu'à lui.

Burlow était dans un âge avancé; sa taille déjà courbée , ses cheveux blanchis , faisaient

déposer toute crainte à son approche ; l'expression calme et douce de sa figure aurait
suffi d'ailleurs pour rassurer sur ses projets.
L'auguste majesté de la vieillesse résidait sur
son front, et le respect qu'elle commande,
vertu naturelle au cœur de l'homme, n'était
pas un sentiment ignoré parmi ces peuplades
barbares, quand l'instinct du péril, la nécessité de la défense ou la cruelle colère des
représailles n'exaltaient pas leurs sauvages
passions.

Le moine possédait quelques connaissances
médicales. Il les appliquait au soulagement
des malades, et recevait en échange, avec la
nourriture dont il avait besoin, les égards
et la protection des tribus au milieu desquel-
les il pénétrait. Toujours, avant d'accorder
les soins qu'on réclamait de sa science, il demandait la permission d'implorer de Dieu
tout-puissant, qui seul pouvait seul lui donner le pouvoir de guérir ; il priait alors, aux
yeux de tous, dans le rit chrétien, et souvent, quand il avait réussi, il obtenait d'eux-
mêmes un remerciment pour son Dieu. On

respectait sa foi justifiée par des bienfaits ; on le croyait envoyé par le Grand-Esprit. La principale difficulté qu'il éprouvât était l'ignorance des idiômes variés que parlaient ces différentes peuplades , et des années se passèrent avant qu'il les possédât d'une manière suffisante pour obtenir l'ascendant d'un langage facile et inspiré.

Une partie des populations qui habitaient les rives du Potomac obéissaient à l'autorité d'un chef nommé Powhatan. Son pouvoir s'étendait aussi sur tout le bassin du James-River, entre les côtes de la baie de Clésapéak et la première chaîne des monts Alleghanys. La renommée de Burlow arriva jusqu'à Powhatan ; il désira le voir ; des Indiens partirent à sa rencontre, et l'amenèrent devant lui.

— Qui es-tu ? lui dit le Cacique.

— Une créature de Dieu comme toi-même.

— Ton Dieu est-il ennemi du mien ?

— Le Grand-Esprit est le seul maître du monde ; il n'y a point plusieurs dieux ; seulement, comme tous les hommes ne parlent pas la même langue, ils lui donnent des noms différents : comme tous n'ont pas les mêmes lumières, ils comprennent plus ou moins sa mystérieuse nature : mais Dieu est toujours le même, toujours le Grand-Esprit qui régit l'univers. Il t'a fait chef dans ton pays, il m'a fait sujet dans le mien. C'est lui qui met, en ce moment, dans ta pensée la bienveillance avec laquelle tu me parles, et dans mon cœur le désir d'être utile à toi et à ton peuple. Il n'y a qu'un père pour tous les hommes ; aussi je regarde tous les hommes comme mes frères.

— Ta prudence est celle des vieillards ; reste avec moi, dit Powhatan. Tu m'apprendras comment gouvernent les chefs de ton pays. J'ai deux filles qui font ma joie ; tes entretiens les formeront à la sagesse.

Et Burlow fut admis dans la famille de 'Indien. Ses filles, toutes jeunes encore, s'attachèrent à lui avec la tendre familiarité de l'enfance. Elles l'entouraient de mille soins caressants comme leur âge, et lui donnaient le nom d'ami. Souvent elles l'emmenaient dans une grotte tapissée de mousse, de lianes et de fleurs , embaumée de la suave senteur des pins qui l'abritaient , égayée par le gasouillement des libres oiseaux de l'air , et là elles lui faisaient raconter les jeux , les travaux , les costumes de leurs jeunes sœurs des grandes cités. Il disait aussi les grâces qu'elles empruntaient à la modestie , à la piété , aux douces compassions du cœur. Parfois il chantait les beaux cantiques des cérémonies religieuses de son pays, et cette harmonie semblait toucher leur âme. A voir ces deux enfants , accoudés sur les genoux du vieillard , écouter des heures entières ces récits bienveillants , qui n'eût été saisi d'un saint respect ?

Le chef se plaisait à l'interroger sur les coutumes et les lois des Européens ; il s'informait surtout de leur manière de combattre et de vaincre. Alors Burlow lui répondait : « Je ne saurais t'enseigner aucun moyen de destruction. Plût à Dieu que l'art de donner la mort fût ignoré des hommes ! mais j'ai des secrets pour affermir les âmes, fortifier les cœurs, tripler les courages, soulager les souffrances et consoler ceux qui pleurent sur la tombe de leurs parents. Ne me demande pas ce que j'ignore, mais sers-toi de l'expérience que m'a donnée le Grand-Esprit pour te maintenir en paix avec les autres caciques et pour adoucir les mœurs des populations auxquelles tu commandes. «

Plusieurs fois Burlow réussit, par de sages conseils, à prévenir des ruptures avec les tribus voisines. Il rendit aussi des services d'une autre nature. Il y avait un territoire d'une grande fertilité sur les bords de James-River ; ses produits abondants en tabac et en maïs étaient une des richesses de la contrée ; mais les eaux du fleuve pénétraient souvent, par une dépression accidentelle de ses rives, sur ce sol fécond, et en détruisaient alors toutes les récoltes. Burlow fit faire, avec des nattes en paille de maïs, une grande quantité de ces sacs que l'on remplit de sable, puis chaque Indien plaça un de ces sacs sur ses épaules ; tous se rangèrent au bord du fleuve et se déchargèrent de leurs fardeaux,

a un signal donné, sur le point où la rive
affaissée livrait passage aux grandes eaux, On
jeta des troncs d'arbres derrière cette digue
subitement levée pour la mieux soutenir, on
la couvrit d'une terre fertile propre à la végétation, et le précieux territoire que Powhatan regardait comme une de ses ressources
ne fut plus ravagé par les inondations.

CHAPITRE III.

—

Powhatan aimait Burlow, dont la parole
était toujours mesurée, grave et douce, mais
il ne pouvait comprendre comment il s'était
éloigné du pays où il avait reçu le jour, où
vivait sa famille, où reposaient les cendres
de ses pères. Un jour qu'ils étaient assis devant la hutte du chef avec ses deux filles,
dont l'aînée, Pocahontas, touchait à sa dou-
zième année, celui-ci le pressa de s'expliquer
sur les véritables motifs de son voyage.

« Ecoute, Powhatam , dit Burlow , ta confiance commande la mienne. Ecoute, c'est un
récit merveilleux. Mon âge est sincère ; les
vieillards ne sont pas conteurs de mensonges.
Avant de t'ouvrir mon cœur, j'ai voulu te
laisser le loisir de me connaître dans ma conduite , dans mes actes , dans mon langage.

Tu sais maintenant si je suis capable de
vouloir tromper ou un chef puissant et hos-
pitalier comme toi, ou les jeunes cœurs si
purs de tes heureuses filles. Les paroles que
je vais dire sont vie et vérité.

» Dieu ou le Grand-Esprit, comme tu l'ap-
pelles , mesure la connaissance que les hommes peuvent avoir de lui-même à leur intelligence. Ne sens-tu pas que tu le comprends
mieux aujourd'hui que lorsque tu n'étais
qu'un enfant ?

» Les peuples sont comme les hommes,
ils ont leur enfance et leur âge mûr ; leur
raison croît avec le temps ; chaque jour ajoute à leur intelligence, et il vient une époque
où , après avoir reconnu successivement les
grandes vérités de la nature, ils aperçoivent

plus distinctement, à leur lumière, son sublime et divin Créateur.

» Le continent que j'ai quitté est immense comme l'Océan, et pourtant les hommes s'y pressent en foules innombrables. Les milliers d'étoiles que tu vois briller dans le ciel ne sauraient te donner une idée de la multitude de ses populations. C'est là qu'habite la grande famille humaine.

» A l'origine des temps elle vécut d'abord, comme ta nation, dans les forêts ; puis elle défricha, soumit la terre à la culture, bâtit des huttes de pierre, construisit des villes, y enferma ses fleuves entre d'épaisses murailles pour en contenir les eaux, inventa des arts qui multiplièrent ses jouissances et lui asservirent les éléments eux-mêmes. Mais il lui manquait une loi commune qui réglât les rapports de toutes ces foules, et le désordre qui régnait dans leur sein engendrait le trouble, la confusion, les haines et les crimes. Dieu fut touché de leurs maux, il descendit lui-même au milieu d'elles. Il voulut vivre une vie d'homme parmi les hommes, afin de les instruire dans leur propre langage et de leur donner l'exemple des vertus qui peuvent seules assurer leur bonheur. Il prit naissance dans le sein d'une femme vierge ; fut nourri de son lait et bercé dans ses bras comme un obscur enfant. Parvenu à l'âge où tu es, il se mit à enseigner les vérités divines : la concorde, qui unit ; la pitié, qui secourt ; la générosité, qui oublie les injures ; la soumission aux chefs, qui maintient le bon ordre ; le repentir des fautes, qui en permet le pardon ; la prière, qui l'obtient, et la foi, qui ouvre à tous les grandes portes du ciel. On voyait sa sagesse et quelquefois on doutait de sa puissance et du droit qu'il avait de prescrire de semblables préceptes. Alors il s'attestait lui-même par des miracles : il marchait sur les flots aux yeux des populations étonnées ; il commandait aux tombeaux de s'ouvrir et en faisait lever les morts ; il rendait la vue aux aveugles, et les affligés qui pouvaient toucher le pan de sa robe se retiraient consolés. A l'heure de sa naissance, on avait entendu dans les airs une harmonie mystérieuse et des chants qui disaient : « Gloire à Dieu dans le ciel ; bienveillance entre les hommes sur toute la terre. » A l'heure de sa mort, le monde éprouva un tressaillement soudain qui ébranla les plus hautes montagnes, et les cieux se couvrirent, au milieu du jour, des plus sombres voiles de la nuit.

» Les chefs méchants que sa parole inquiétait dans leur puissance l'avaient saisi, jugé et fait périr sur une croix. Venu pour enseigner la soumission, il s'était livré lui-même sans résistance, mais, quand son sacrifice fut accompli, il s'éleva radieux dans le ciel, laissant sur la terre la doctrine bienfaisante qu'il avait révélée et qui se résumait dans cette douce maxime : « Aimez-vous les uns et les autres. »

» Telle était la religion nouvelle. Elle parcourut le monde comme un éclair. On vit les hommes, unis par un lien fraternel, abandonner leurs costumes barbares, réformer leurs lois, respecter dans les mains de chacun sa part des fruits de la nature ou ceux qu'il avait acquis par le travail. On les vit se prêter des secours mutuels, s'occuper de toutes les misères pour les soulager, de toutes les souffrances pour les adoucir, élever de saints asiles pour les malades, pour les vieillards, pour les infirmes, pour les guerriers mutilés dans les combats. L'obéissance aux chefs ne fut plus seulement l'effet de la force, elle devint un devoir, et les chefs, à leur tour, devaient obéir à Dieu, dont ils tenaient leur puissance. La charité régna sur le monde : c'est ainsi qu'on appelait cet amour nouveau, comme les affections de famille, qui rapprochait tous les enfants de Dieu sans distinction de territoire, de couleur ou de langage.

» Et de même qu'il y a des hommes plus instruits que les autres, qui enseignent les sciences de l'esprit et les arts utiles à l'humanité, il y en eut qui, plus pénétrés de la charité qu'elle inspire, se dispersèrent dans le monde pour y répandre la vraie connaissance de Dieu et sa sainte parole. Powhatan, je suis un de ces hommes, voilà pour-

quoi j'ai quitté mes compagnons d'enfance ,
ma famille et la terre où dorment les restes
paisibles de mes ancêtres. »

CHAPITRE IV.

Le chef indien ne s'alarma pas de ce confiant aveu. Le moine vivait sous son regard ; il avait reconnu dans toutes ses habitudes une extrême douceur, une grande sincérité de langage, un respect constant de son autorité. D'ailleurs ses récits l'attachaient, ils charmaient surtout la jeune imagination de Pocahontas, et lui-même pria Burlow de raconter, aux prochaines veillées, les détails de cette belle histoire qu'il appelait le voyage du grand Esprit sur terre.

Quand le religieux se retira dans sa hutte, pauvre cellule catholique jetée là solitaire

au milieu de tant d'écueils, il tomba sur ses
genoux et pleura long-temps de reconnaissance et de joie. Son âme, exaltée par l'espé-
rance, avait perdu le calme qui faisait sa
force habituelle, et la prière ne s'échappait
plus de ses lèvres qu'en phrases entrecou-
pées. » Mon Dieu, disait-il, soyez béni dans
votre providence. Vous avez ouvert ces cœurs
sauvages au charme de votre parole. J'aurai
conquis ce territoire à votre foi. Les eaux du
baptême vont couler sur toute une nation
du front de son chef et de celui de ses enfants, courbés sous ma main devant votre
toute-puissance. De quel fragil instrument
vous daignez parfois vous servir ! Mon Dieu
j'étais le plus faible de vos serviteurs, je
n'espérais que le martyre, et vous me ré-
serviez le bonheur du triomphe. »

Son exaltation croissait d'instant en instant. « Aujourd'hui encore, reprenait-il, il
n'y a de sol chrétien dans ces vastes contrées
que cet étroit espace où je me prosterne.
Cette misérable cabane est le seul temple
du Dieu qui remplit le monde. Mais, ô mon

divin maître! n'est-ce pas dans une obscure
étable que vous avez pris naissance sur le
vieux continent, et ne l'avez-vous pas inondé
de votre lumière? les hommes qui vous ont
fait périr malgré votre douceur, qui ont mê-
lé tant d'outrages à votre supplice, étaient-
ils moins cruels que ces sauvages hospita-
liers? ces cœurs primitifs seront-ils plus in-
sensibles à nos doctrines compatissantes que
les races perverties de l'ancien monde? leurs
grossières idoles, leurs informes génies,
sont-ils plus difficiles à renverser que les
dieux impuissants du paganisme? »

Il s'arrêtait quelques instants, bénissait
la terre qu'il foulait, s'écriait encore dans
un transport prophétique : « Oui, Powhatan, le ciel l'ordonne, tu n'es qu'un roi, je
te ferai pontife, et ton apostolat souverain
entraînera ton peuple. O mystérieux enchaî-
nement des volontés divines! un souffle de
Dieu m'a jeté sur cette terre de l'ignorance
et de la barbarie; mes pas chancelants y
marquaient à peine une trace chrétienne, et
voici tout-à-coup que les voies du Seigneur

s'élargissent pour recevoir une nation , une armée , nouveaux soldats du Christ qui répandront sa foi. Je ne suis plus seul , j'ai une famille , mes frères m'entendent et me répondent , je pourrai mourrir comme je suis né, aux doux chants des cantiques chrétiens. » Et de nouveau il pleurait avec une émotion convulsive. Une accélération fébrile précipitait son sang. Vainement il cherchait à se recueillir , à s'humilier , à modérer lui-même cet entraînement involontaire de son esprit : un besoin de mouvement, étrange à son âge , imprimait je ne sais quelle agitation à son corps comme à sa pensée. Il sortit de sa hutte , il erra sur les bords de la forêt. Le vent soufflait avec force dans les savanes , la pluie battait sur son front découvert et glaçait ses membres amaigris. Son âme dut éprouver une secrète épouvante, dans ces solitudes inconnues , au milieu de cette obscurité profonde ; en entendant le bruit sourd , pressé , continu des grandes chutes des fleuves, terrible image du temps qui semble lutter avec lui de vitesse , qui ne se repose pas dans ces haltes factices que nous appelons les heures, et qui semble donner une voix menaçante à son cours incessant.

Oui, les volontés divines sont pleines de mystères. Les saints rêves du religieux, vaines présomptions d'un innocent orgueil, devaient s'évanouir comme une pensée humaine. Singulière témérité de notre esprit! souvent nous réglons les choses du ciel d'après nos jugements, et notre raison suffit à peine à nous conduire. Nous lui confions follement les destinées du monde au moment où elle s'égare et se perd dans sa propre faiblesse.

L'excitation maladive du moine ne tarda pas à s'affaisser sous l'impression humide et froide de cette nuit orageuse. Un frisson douloureux le saisit, il regagna paisiblement sa cabane, se jeta tristement sur son lit de mousse, épuisé de fatigue, seul, sans secours, n'ayant plus, pour lutter contre le mal qui l'envahissait, ces forces actives de la jeunesse auxquelles la vie se reprend et se ranime sous la seule influence du repos. Pour les vieillards, le repos n'est souvent qu'une avance offerte à la mort.

Le lendemain, quand la jeune Pocahontas vint, au commencement du jour, selon son usage, apporter à son ami le bonjour du matin et le gâteau de maïs, elle le trouva près d'expirer. Son effroi fut extrême comme sa douleur. Elle voulut sortir pour chercher du secours. « Non, dit le moine; ne t'éloigne pas, ma fille, mes instants sont comptés : Dieu me rappelle. Hélas ! je ne lui demandais que quelques jours encore pour te donner à lui. Que les larmes que je verse sur ton front te servent du moins de baptême ; je te fais chrétienne autant qu'il est en moi, puisse la charité grandir dans ton cœur et l'éclairer un jour ! » Il voulut la bénir, mais ses bras appesantis ne purent se soulever ; son regard continua quelque temps ses adieux, puis se fixa dans une immobile expression de bienveillance ; son âme s'envola, non sans tristesse, vers le Seigneur, et l'empreinte de la mort respecta, sur ses traits, la pieuse mélancolie de ses dernières pensées.

Powhatan regretta Burlov. Il le fit honorer comme un chef dans ses funérailles, et planta lui-même sur sa tombe la grande croix de sycomore devant laquelle il avait coutume de s'agenouiller. Sa hutte fut laissée intacte. Pocahontas, inconsolable, la visitait tous les jours. Elle aimait à s'y rappeler ses dernières et mystérieuses paroles. Il y avait tant de douceur dans la voix de son ami, tant d'affection dans ses soins paternels ! et puis elle regrettait les récits commencés ; elle eût voulu connaître davantage ce Dieu si bon, consolateur de toutes les peines, qui défendait le meurtre et ordonnait d'aimer. Souvent elle croisait ses bras sur sa poitrine et tenait ses yeux attachés, comme elle avait vu faire au vieillard, sur un Christ délaissé dans sa hutte. Elle flottait incertaine entre la religion de ses pères, qui ne lui suffisait plus, et cette religion nouvelle, restée pour elle une révé-

lation incomplète. Mais son âme en avait
déjà reçu les douces impressions.

CHAPITRE V.

—

Pendant les longs et infructueux voyages
du pauvre religieux, les tableaux que firent
de ces belles contrées, à leur retour en Angleterre, les passagers des vaisseaux de Ralegh, avaient attiré l'attention publique,
inspiré le goût des découvertes, et plusieurs
expéditions tenaient des établissements sur
les côtes de la Virginie.

Le capitaine Greenville, parti de Plimouth
avec ses navires, avait visité de nouveau l'île
reconnue par les soins de Ralegh, puis celle
de Roanoke située plus au nord, et, séduit
par son riant aspect, il y avait laissé une petite colonie de cent huit hommes. L'exploi-
tation régulière du territoire aurait exigé de

grands efforts, des dessèchements considé-
rables, des travaux protecteurs contre les
inondations des fleuves, et ces aventuriers,
préoccupés surtout de la recherche des mines
d'or, de la pêche des perles, de richesses
imaginaires, ne tardèrent pas à souffrir de
l'épuisement des plus simples ressources.
Recueillis par une flotte anglaise, ils retour-
nèrent avec empressement dans leur patrie.

Une seconde expédition amena cinquante
habitants nouveaux dans l'île abandonnée
par les premiers colons. Cette fois on apportait des provisions de toute nature, qui devaient assurer leur existence jusqu'à de
nouveaux envois. Mais quand les secours
promis arrivèrent, les habitations étaient en
ruine; on ne trouva que les traces silencieu-
ses d'un combat, pas une voix ne pouvait
dire quel avait été le sort des vaincus.

Enfin une tentative plus heureuse fut diri-
gée sur la côte méridionale de la Chésapeak
par le capitaine Christophe Newport. Il
reconnut et nomma le James-River et fonda
sur sa rive, à quarante milles de son em-

bouchure, l'établissement définitif de James-
Town.

Cette colonie prit un développement rapide.
Son véritable organisateur, celui dont l'ha-
bileté, le courage, la prudence, surent
contenir les attaques des tribus, créer avec
elles des relations utiles, assurer des ressources régulières par un commerce d'é-
change, se nommait Jean Smith. Sa vigilance
était infatigable. Il s'attachait surtout à bien
connaître les dispositions si facilement va-
riables, et la force réelle des populations in-
digènes ; mais, surpris dans une de ses
excursions par un parti indien, il eut le
malheur de tomber en sa puissance et se
rendit, n'ayant plus d'autre espoir que de
traiter avec le chef de la tribu : c'était un
frère de Powhatan, qui relevait de son autorité souveraine ; il ne pouvait rien statuer
par lui-même ; on dut conduire le prisonnier
devant la cacique.

La résidence de Pouwhatan, située sur la
rive gauche du York-Rive, se trouve assez
éloignée. Pendant le voyage, Smith fut en-

touré d'égards ; on les fêtait sur son passage ;
rien n'annonçait que sa captivité dût avoir
un terme fatal. Rassuré par ces témoignages
de bienveillance , lui-même ne songeait plus
qu'à profiter de cet incident pour établir des
relations favorables et directes avec le chef
puissant devant lequel il allait paraître , et à
recueillir d'utiles observations sur les ressources et le caractère du pays qu'il par-
courait.

On avait à traverser un défilé dans les
montagnes bleues ; la vallée se rétrécissait
de plus en plus ; le torrent dont on suivait le
cours , appelé le Cedars-Creek se précipitait
avec un bruit terrible sur un lit de rochers ;
ses flots emportaient avec eux des tourbillons
d'écume , et les bords escarpés , gigantes-
ques , perpendiculaires , entre lesquels il
poursuivait sa route furieuse, se renvoyaient
en échos perpétuels un sourd mugissement.
A voir ce désordre actif, on eût dit que la
montagne s'écroulait sous un choc violent,
si la fraîcheur de la verdure, la magnificence
de la végétation, le calme du ciel et la douce

brise de l'air n'eussent attesté l'éternelle
jeunesse et le repos de la nature.

Au point le plus étroit de cette grande an-
fractuosité, un vaste cintre formé d'un seul
bloc calcaire était jeté de l'une à l'autre pa-
roi, à une hauteur de cent cinquante pieds
au-dessus du courant, et joignait les deux
rives par une arche hardie, masse énorme
suspendue sur l'abîme!

Le pont naturel de la Virgine est compté
maintenant parmi les merveilles du monde.
Tous les voyageurs le visitent. Smith était
peut-être alors le premier Européen dont il
eût frappé les regards. Le prisonnier s'arrêta
saisi d'admiration; il détacha du tronc d'un
platane un large feuillet de son écorce, y
crayonna rapidement les grands effets de ce
tableau, et se plut à jouir de la suprise des
sauvages quand il leur montra ce portrait de
la nature.

Powhatan reçut Smith comme un hôte
plutôt que comme un captif; il lui rendit de
véritables honneurs, puis il convoqua l'assemblée qui devait décider de son sort.

A sa voix les anciens se rangent silencieu-
sement autour de l'arbre du conseil ; quelques femmes y prennent place avec eux.
L'usage était d'enchaîner le prisonnier à un
poteau ; la courtoisie de Powhatan, excitée
par les soins de Pocahontas, épargne cette
humiliation au chef européen. Mais, quand
on vint à recueillir les avis, ces vaines ap-
parences d'hospitalité disparurent ; à peine
quelques voix osèrent faire entendre des paroles généreuses. Les vieillards, des femmes
elles-mêmes jettent dans le conseil les plus
cruelles sentences. On propose que tous
concourent au supplice de l'ennemi commun.
L'un lui arrache les ongles, un autre les
dents, un autre les yeux, un autre la cheve-
lure. Son corps, déchiré pièce à pièce, ne
doit-il pas une dépouille à chaque tribu ? Un
calcul féroce semble vouloir prolonger le
spectacle de ces horribles tortures. Alors
Pocahontas s'élance dans le cercle menaçant
que forme le conseil.

— J'ai reconnu le langage de notre prisonnier, s'écrie-t-elle. Il est le frère de Burlow.

et Burlow ne fut-il pas notre bienfaiteur à tous ? Quelle est celle de nos tribus dont il n'a pas guéri les malades ? S'il était là encore et qu'il vous demandât de laisser vivre son frère , quelle est la tribu qui oserait le refuser ? Vous écoutiez ses avis comme ceux d'un ancien et d'un sage. Eh bien ! je parle en son nom , à présent que la voix de mon ami se tait sous la terre. Vous avez jeté devant vous le colier rouge qui veut du sang , je jette devant moi la croix de Burlow qui dit : **Vie et pardon !**

A ces paroles , une sourde agitation se manifeste dans l'assemblée ; la présence du cacique empêche seule les murmures d'éclater ; mais le mécontentement des vieillards n'échappe point à l'œil exercé du chef.

— Ma fille bien-aimée, dit Powhatan , le conseil a prononcé la mort, mais, en souvenir de Burlow, que j'aimais comme toi, et pour te donner un gage de ma tendresse, j'épargne à l'étranger ces souffrances qui t'effraient ; il mourra sans douleur.

Alors Smith est saisi, garotté ; on le conduit, avec une joie féroce et des ricancments sauvages, jusqu'au lieu du supplice. Un Indien courut chercher le tomahaw, lourde massue en bois dur hérissée de cailloux aigus, avec laquelle on va lui écraser la tête. On étend l'infortuné sur une longue pierre ; mais, à l'instant où le terrible instrument de mort s'élève au-dessus de lui, Pocahontas, entraînée par une inspiration soudaine de cette charité qui germait en elle, se précipite sur son corps, couvre sa tête de la sienne en lui jetant ces mots : « *Je suis chrétienne,* » et Smith pensa : « *Je suis sauvé.* »

L'Indien avait pu détourner le coup fatal et n'avait frappé que la terre, mais un moment l'assemblée et Powhatan lui-même durent croire au double trépas de l'étranger et de la jeune fille. Telle fut l'impression produite sur toute l'assemblée par cet acte de dévouement que l'intérêt le plus vif éclata aussitôt en faveur du prisonnier. Les foules sont ainsi faites. On détache ses liens, on le proclame libre, on fait retentir l'air du chant de la délivrance ; Powhatan lui déclare amitié, la jeune fille le prend par la main comme sa conquête, et on le ramène, avec de bruyantes acclamations, à la hutte de Burlow, que les Indiens parent de feuillages et lui offrent pour demeure.

CHAPITRE VI.

Smith, miraculeusement sauvé, ne pouvait s'abuser cependant sur les dangers qui l'environnaient encore au milieu de ces populations mobiles dont le moindre incident pouvait réveiller la colère; mais, tout entier à ses devoirs envers la colonie dont il était le protecteur, oubliant le péril de sa situation, il ne voulait pas quitter ce pays sans avoir cimenté cette alliance nouvelle. Il trace quelques lignes sur une bande de platane, charge un Indien de porter ce message à James-Town, et prie les tribus de rester réunies jusqu'au retour de l'envoyé. Quand il revint, il apportait de nombreux présents. Smith les distribue entre les chefs comme les gages de sa reconnaissance et des bonnes relations qu'il désire entretenir avec eux. Il y avait de belles armes européennes pour le Cacique ; pour sa fille de brillants colliers et de riches ceintures. Les Indiens se regardent avec étonnement, ils ne peuvent comprendre comment cette légère écorce a pu dire tant de choses, et le prestige nouveau qui s'attachait à l'étranger s'en augmente encore. On jure l'alliance. Powhatan fait remettre aux mains de Smith le redoutable tomahaw qui avait été levé sur sa tête, comme pour attester qu'on se désarme devant lui et qu'on dépose à jamais toute haine. « Les colons auxquels je commande, répond l'Anglais, sont doux et pacifiques. Nous ne demandons qu'à cultiver la terre, et nous serons pour toi des alliés utiles. Je n'oublierai pas que j'étais ton prisonnier, que tes lois me condamnaient à mourir ; et que je dois la vie au généreux dévouement de ta propre fille.

J'aurai toujours pour toi les sentiments d'un fils. » Ainsi parlant, il ouvre ses bras à Pacahontas, elle s'y précipite et lui offre naïvement ses tendres baisers.

Smith passa quelques jours auprès de Powhatan, et ses entretiens avec le Cacique ne firent que fortifier l'amitié mutuelle dont ils venaient d'échanger la promesse.

Quand il partit, Pocahontas l'accompagna jusqu'à une hauteur d'où la vue s'étendait au loin sur le pays. « Maintenant, lui dit-elle, adieu, je te quitte ; mais j'espère te revoir puisque nous sommes alliés. Ecoute encore : j'ai vu avec inquiétude une de nos tribus partir avec toi : le soleil descend vers son territoire, fais un détour, évite-la. Que le Dieu de Burlow veille sur toi ; je vais prier dans sa hutte, où je retrouverai aussi ton souvenir. Je me parerai tous les jours de mes présents, et toi regarde quelquefois le tomahaw qui allait nous unir dans la mort. » Smith était ému de reconnaissance et d'admiration devant le caractère si simple, si généreux, si tendre, de cet enfant ; tous deux s'embras-

sèrent encore avec de douces larmes , et chacun reprit sa route différente dans la vie.

La colonie avait été frappée de consterna-
tion quand elle avait appris la disparition du
gouverneur, sur lequel reposaient toutes ses
espérances. Son retour et l'heureuse annonce qu'il apportait d'une puissante alliance
furent de nouveaux sujets de confiance dans
l'avenir. Les relations de bon voisinage eurent de la part des colons un caractère d'empressement et de sincérité qui encouragea les
Indiens. Ils venaient souvent à James-Town
pour accomplir des échanges ou simplement
pour visiter Smith. Lui-même retourna faire
un séjour à la résidence du chef. Il y fut reçu
avec toute la pompe militaire que Powhatan
pouvait déployer. Pacahontas lui donna le
spectacle des danses sauvages de ses com-
pagnes. Il ne revit pas la pierre du supplice
sans bénir Dieu , et serrer de nouveau dans
ses bras, avec un saint attendrissement, sa
jeune libératrice. Mais le gouvernement de
Jacques Ier le rappela bientôt en Europe.

3.

CHAPITRE VII.

—

L'amitié établie entre les deux peuples reçut, quelques années plus tard, une consécration nouvelle. Un Anglais, John Rolfe, demanda la main de Pocahontas, et Powhatan consentit à cette union. La jeune Indienne vint à Londres. Elle y avait été précédée du récit de son dévouement héroïque. Elle parut à toutes les fêtes; on se pressait sur ses pas : fille d'un chef puissant, d'un allié de la Grande-Bretagne, on l'honorait comme une princesse royale. Sa beauté, sa jeunesse, la grâce et l'aisance de ses manières, la naïveté expressive de son langage, sa sensibilité franche et expansive, sa dignité simple et naturelle, ajoutaient un prestige nouveau, un charme positif à l'intérêt poétique et merveilleux de son histoire. La curiosité qu'ex-

citait sa présence au milieu d'une cour élé·
gante et polie s'y cachait sous la forme d'un
respect empressé et de nobles hommages.

Un jour qu'elle était présentée à la reine,
elle retrouva près d'elle Smith, qui s'écria :
« Je lui dois la vie, et la colonie son salut. »
A la vue de Smith, dont elle n'avait plus entendu parler depuis son départ de James-
Town, elle éprouva une vive émotion, et,
lui rappelant l'amitié de Powhatan, elle dit
avec une tendre modestie : « Vous lui pro-
mettiez que tout ce qui était à vous serait à
lui, et que vous et lui ne feriez qu'un. Vous
l'appeliez *mon père* quand vous étiez étranger dans notre pays, et moi qui suis étran-
gère dans le vôtre, je veux vous donner ce
nom. »

Le désir secret de Pacahontas, en quittant
son pays, avait été de se faire instruire dans
la religion chrétienne. Le souvenir de Burlow,
ces vives impressions de son enfance, la
tendresse naturelle de son cœur, lui en faisaient aimer les douces maximes. Au milieu
de tous les spectacles qui frappaient ses re-

gards, de ce luxe, de cette magnificence
d'une cour européenne, de ces jouissances
variées de la civilisation dont elle n'avait eu
jusqu'alors aucune idée, de ces regards flat-
teurs qui l'entouraient elle-même et qui eussent pu troubler un esprit moins simple que
le sien, son imagination ne s'était point dis-
traite de cette préoccupation intime qui l'at-
tirait vers le Dieu charitable. Nous qui vi-
vons au milieu des merveilles de l'esprit humain, mais qui en sentons aussi les limites,
nous revenons à Dieu par les grands spectacles de la nature ; la jeune sauvage, pour
qui cette active puissance de l'homme était
si nouvelle, y découvrait, mieux que dans la
majesté silencieuse de ses forêts, les révé-
lations bienveillantes, l'assistance directe de
Dieu ; elle ne s'expliquait rien de ce qui la
frappait par le génie humain qu'elle avait vu
si faible et si impuissant ailleurs, et ce qui
l'eût sans doute étonnée le plus, si elle eût
pu pénétrer dès lors dans l'orgueil de la pensée humaine, c'eût été de voir les hommes
s'attribuer à eux-mêmes un pouvoir qu'ils

reçoivent, une science qu'ils reflètent, une volonté qu'ils exécutent. Mais elle ne concevait encore, en présence de tant de bienfaits, qu'un seul sentiment de la part de ces populations privilégiées du ciel, la reconnaissance et la foi, et quand elle entrait avec les foules chrétiennes dans les temples somptueux du Seigneur, quand elle voyait ces foules s'agenouiller pieusement aux pieds des autels, elle jeune idolâtre, ignorante des dogmes cachés sous leurs prières, avait peut-être un sentiment plus vrai, plus sincère, plus humble, de la toute-puissance du créateur et de la toute faiblesse de sa créature.

Le jour vint où elle allait recevoir le baptème. L'annonce de cette cérémonie religieuse émut toute la ville de Londres. Dès les premiers rayons du matin, les cloches ébranlent l'air comme dans les grandes solennités ; les populations se pressent comme en un jour de fête ; tous les clergés se rassemblent et unissent leurs pompes sacerdotales ; la cour remplit le sanctuaire et semble former une

nombreuse et puissante famille à la jeune
sauvage. Elle était la première Indienne de
ces contrées qui embrassait la religion catholique ; l'Eglise commençait ses conquêtes ; il semblait que ce premier baptême fût
celui du nouveau continent. Pacahontas s'a-
vance avec un saint respect, un profond attendrissement , vers le Dieu qu'elle a si long-
temps désiré ; elle se sent soutenue par les
vœux fraternels qui l'accompagnent, et Smith
est à ses côtés ; Smith , l'hôte de ses forêts ,
qui a reçu sa première profession de foi sur
la pierre du supplice , vient attester la sincérité de ses croyances ; il l'assiste comme
père chrétien , et lui donne, devant Dieu, le
nom de Rébecca.

Jamais cœur ne s'offrit plus pur et plus
reconnaissant au Seigneur. La foi nous conduit à la charité, ici c'était la charité qui
l'avait longuement préparée à la foi. Quand
l'eau sainte mouilla le front de Pocahontas,
elle tressaillit comme si elle eût senti de
nouveau les larmes de son ami mourant, et
ce ne fut plus pour elle-même, ce fut pour

lui qu'elle pria. Son regard semblait le chercher dans les cieux. En ce moment toutes les voix s'élèvent, les voûtes du temple retentissent d'un chant religieux ; elle reconnaît un de ces cantiques dont Burlow lui avaient fait goûter la pieuse mélodie dans la grotte de lianes et de fleurs où son âme s'était ouverte aux premières impressions d'une religion si aimante. Etait-ce son ami qui avait entendu sa prière et qui lui répondait ? Elle crut sentir son âme se réunir à la sienne dans les mystérieuses communications de ce doux souvenir, et elle comprit en cet instant la gloire et le bonheur ineffable des Anges.

La Virginie est depuis long-temps un état libre, florissant, chrétien ; mais, quand on se rapporte à ses premières années, il faut reconnaître parmi les causes de son origine la persévérance d'une grande nation et la charité d'un enfant de treize ans.

UNE ESCLAVE CHRÉTIENNE.

La conversion des Ibériens, peuples voisins du Pont-Euxin, eut quelque chose de merveilleux. Une femme chrétienne, étant captive chez eux, attira leur admiration par la pureté de sa vie, sa sobriété, sa fidélité, son assiduité à l'oraison, où elle passait les nuits entières. Les Barbares, étonnés, lui demandèrent le motif de sa conduite. Elle répondit simplement qu'elle servait ainsi le Christ son Dieu. Ce nom leur était aussi nou-

veau que le reste ; mais sa persévérance ex-
citait la curiosité naturelle des femmes, pour
savoir si ce grand zèle de la religion était de
quelque utilité? C'était leur coutume, quand
quelque enfant était malade, que la mère le
portait par les maisons pour s'informer si
quelqu'un savait un remède : une femme
ayant ainsi porté son enfant inutilement partout, vint aussi trouver la captive. Elle lui
dit qu'elle ne savait aucun remède humain ;
mais que son Dieu Jésus-Christ, qu'elle
adorait, pouvait donner la santé aux malades
les plus désespérés. Ayant donc mis cet enfant sur le cilice qui lui servait de couche, et
ayant fait sur lui sa prière, elle le rendit
guéri à sa mère. Le bruit de ce miracle se
répand, et vient aux oreilles de la reine, qui
était malade avec de grandes douleurs, et
réduite au désespoir. Elle prie qu'on lui a-
mène la captive, qui refuse d'y aller, craignant de paraître avec trop bonne opinion
d'elle même, et manquer à la bienséance de
son sexe. La reine se fait porter à la cellule
de la captive, qui la met sur son cilice, et

ayant invoqué le saint Nom de Jésus-Christ,
la fait lever aussitôt en parfaite santé. Elle
lui apprend que c'est Jésus-Christ, Dieu et
Fils du Dieu souverain, qui l'a guérie, et
l'exhorte à l'invoquer, disant que c'est lui
qui donne la puissance aux rois et la vie à
tous les hommes.

La reine retourna chez elle pleine de joie;
le roi lui demanda comment elle avait été
guérie si promptement; et l'ayant appris, il
commanda qu'on portât des présents à la
captive ; mais la reine lui dit : Seigneur,
elle méprise tout cela; elle ne veut ni or, ni
argent; le jeûne est sa nourriture; la seule
récompense que nous pouvons lui donner,
c'est d'adorer Jésus-Christ, ce Dieu qu'elle
a invoqué pour me guérir. Le roi différa pour
lors, et négligea de se convertir, quoique sa
femme l'en pressât souvent; mais un jour,
comme il chassait dans le bois, il survint
une obscurité si épaisse en plein jour, que
toute sa suite s'écarta, et il demeura seul
égaré, ne sachant où se tourner : dans cet
embarras, il lui vint en pensée que si le

Christ, dont la captive avait parlé à sa femme, le délivrait de ces ténèbres, il quitterait tous les autres dieux pour l'adorer. Sitôt qu'il eut fait ce vœu de pensée, sans prononcer aucune parole, le jour revint, et il arriva heureusement à la ville. Il conta la chose à la reine; on fait venir promptement la captive; il lui déclare qu'il ne veut plus adorer d'autre dieu que Jésus-Christ et lui demande la manière de le servir. Elle s'explique autant qu'elle en est capable, demande que l'on bâtisse une église, et en décrit la forme.

Le, roi ayant assemblé son peuple, raconte ce qui était arrivé à lui et à la reine, et les instruit, autant qu'il pouvait, de la religion chrétienne; la reine, de son côté, instruit les femmes; on s'empresse, d'un commun consentement, à bâtir l'église. Les murailles étaient déjà élevées, il était temps de poser les colonnes; on dressa la première et la seconde; mais quand on vint à la troisième, après l'avoir élevée en penchant, on ne put jamais passer outre; quelque force

d'hommes et de bœufs , et quelque machine
que l'on employât. On essaya plusieurs fois,
sans pouvoir même l'ébranler; on ne savait
plus que faire, et le roi commençait à se dé-
courager. Tout le monde s'étant retiré à la
fin du jour, la captive demeura seule dans
le bâtiment, et y passa la nuit en prières. Le
roi, inquiet, vint le lendemain de grand matin avec les siens, et vit la colonne posée sur
la base à plomb, mais à un pied de distance,
en sorte qu'elle était suspendue en l'air; tout
le peuple commença à louer Dieu , et à dire
que la religion de la captive était véritable,
et à leurs yeux la colonne descendit insensi-
blement sur sa base, sans que l'on y touchât;
les autres furent si faciles à placer, que l'on
acheva de les mettre le même jour. L'église
étant bâtie , comme le peuple désirait ardem-
ment d'être instruit dans la foi, on envoya,
par le conseil de la captive, une ambassade
au nom de toute la nation à l'empereur Constantin; on lui expose la chose, et on le prie
d'envoyer des évêques pour achever l'œuvre
de Dieu. Il les envoya avec honneur , et sen-

lit plus de joie de cette conversion que d'une
grande conquête.

(Hist. Ecclésiastique.)

ÉVÉNEMENT TRAGIQUE.

Saint François de Sales disait avoir appris l'histoire suivante à Padoue, où elle était arrivée, et il la racontait ainsi : Ceux qui étudient en cette université ont la mauvaise coutume de courir la nuit par les rues avec des armes, et, en se rencontrant, ils ont souvent ensemble des disputes, d'où il arrive de grands malheurs. Il arriva, en effet, que deux amis firent la partie d'aller ainsi, chacun de son côté, courir la ville durant la nuit ; ils se rencontrèrent sans se reconnaître ; ils eurent une querelle ensemble jusqu'à en venir aux mains , et, dans la fureur de l'action , l'un des deux tua l'autre, qui resta mort sur le coup. Celui qui l'avait porté alla aussitôt, tout alarmé, se réfugier chez la mère de son ami, lui confessa le malheur qui venait de lui arriver, et la pria instamment de le cacher en quelque lieu secret, pour le soustraire aux poursuites de la justice. Elle l'enferma dans un cabinet retiré, et voilà qu'un moment après ou lui apporte le cadavre de son fils qui vient d'être assassiné. Elle comprit bientôt quel en était le meurtrier ; elle va le trouver en fondant en larmes : Ah ! malheureux, s'écrie-t-elle, que vous avait donc fait mon pauvre fils, pour l'assassiner si cruellement ? Celui-ci, apprenant que c'était son ami, se mit à crier, à s'arracher les cheveux ; et, au lieu de demander pardon à cette mère éplorée, il se jette à genoux devant elle, et la conjure de le livrer entre les mains de la justice, voulant expier publiquement son crime, et subir la

peine qu'il n'avait que trop justement mé-
ritée.

Cette mère, qui était extrêmement chrétienne et charitable, fut si touchée du repentir de ce jeune homme, que, bien loin de le
livrer, elle lui dit que, pourvu qu'il demandât
pardon à Dieu, et qu'il promit de chan-
ger de vie, elle n'oublierait rien pour le
sauver et le mettre à couvert; ce qu'elle fit
de la manière la plus généreuse et la plus
digne de Dieu. Cette action serait admirable
dans toute personne; mais, dans une mère,
on peut dire qu'elle fut véritablement héroïque.

MARTYRE D'UN MILITAIRE.

André Ousagamara était un homme noble de la ville de Bungo; sa vertu était encore bien au-dessus de la gloire de sa naissance. Ce généreux cavalier, ayant appris qu'on dressait une liste des chrétiens destinés à la mort, alla lui-même se présenter au tyran, disant qu'il devait être enrôlé le premier, puisqu'il était le plus ancien chrétien de la ville. Il ne se contenta pas de se préparer à la mort, il voulut encore y disposer son père, vieillard de quatre-vingts ans, et ancien militaire, qui n'avait été baptisé que depuis six mois : Mon père, lui dit-il, il y a peu de temps que vous êtes chrétien ; je ne sais si vous êtes bien instruit de ce que c'est qu'être martyr. Le vieillard ayant avoué qu'il était encore peu éclairé, André lui déclara qu'une des plus grandes grâces que Dieu pût faire à un chrétien, c'était de mourir pour son nom ; mais que ceux qui aspiraient à cette gloire devaient être humbles, doux, patients, surtout qu'il fallait mettre bas les armes, et recevoir le coup de la mort à genoux, sans se mettre en défense. Le vieillard écouta volontiers son fils lui parler de la gloire du martyre, mais lorsqu'il lui eut déclaré qu'il fallait mourir sans se défendre, lui qui était homme de guerre, et infiniment sensible au point d'honneur, lui dit avec chaleur : *Quoi donc ! qu'un homme de qualité comme moi se laisse assassiner comme un lâche, sans disputer sa vie ? que je souffre que des idolâtres attentent à la vie des pères qui nous ont fait chrétiens ?* Non,

non, mon fils. Alors, il se lève, ayant déjà son cimeterre pendu à sa ceinture, à la mode des nobles japonais, il va prendre encore son épée ; armé de la sorte, et emporté par son humeur guerrière, il dit d'un ton plein de feu : *Si ces meurtriers osent attaquer aux pères, j'en abattrai sept ou huit à mes pieds, et je ne cesserai de poursuivre les autres jusqu'à ce qu'ils m'aient enlevé mon épée, ou coupé le bras ; s'ils me tuent combattant de la sorte, je serai volontiers martyr ; mais pas autrement.*

André, voyant que son père n'était pas encore bien formé aux maximes de l'Évangile, et craignant que, si on venait l'attaquer, il ne vendit chèrement sa vie, lui dit avec beaucoup de respect et de douceur : Mon père, je sais que la famille d'Ousagamara a toujours été renommée dans le Japon pour sa valeur ; nos ancêtres se sont distingués dans le métier des armes et dans les exercices de la noblesse, vous avez vous-même donné tant de preuves de votre courage, que jamais ou n'imputera à lâcheté la

résolution que vous prendrez de mourir pour
Jésus-Christ sans défense. Cependant, comme
vous n'êtes pas dans cette résolution, je vous
prie de vous retirer pour un temps à la cam-
pagne avec mon petit fils pour lui sauver la
vie : vous conserverez en lui la gloire de
notre nom, et vous aurez le temps de vous
instruire plus à fond des maximes de la religion.

Le père, offensé du commencement de ce
discours, lui dit vivement qu'il avait tort de
lui faire de semblables propositions, qu'il
n'avait jamais su ce que c'était que de fuir,
et qu'on ne lui reprocherait jamais d'avoir
fait une lâcheté pareille : *Allez*, lui dit-il,
*vous cacher vous-même, si vous avez peur,
pour moi, j'attendrai les meurtriers de
pied ferme; j'en mettrai à mort quelques-
uns, et puis je mourrai martyr avec joie.*

André, ne sachant plus de quel moyen se
servir, eut recours à Dieu, qui disposa,
par une autre voie, son père à souffrir le
martyre en véritable chrétien. Ce fut l'exemple
de sa belle-fille qui réprima cette humeur

altière. Cette belle dame travaillait à un riche habit, pour être plus décemment vêtue lorsqu'elle serait mise en croix ; tous les domestiques, à son exemple, apprêtaient, les uns leurs reliquaires, les autres leurs croix ou leurs chapelets, pour le jour de leur martyre. Le vieillard leur demanda ce que voulaient dire tous ces préparatifs. Ils lui répondirent d'un air tranquille et plein d'allégresse, qu'ils se préparaient à mourir pour Jésus-Christ. Ces paroles firent une telle impression sur son esprit, que, changé tout-à-coup, et détrompé des maximes du monde, il met bas les armes, prend un chapelet comme eux, et, avec la douceur d'un agneau, leur dit qu'il veut mourir comme eux et en leur compagnie. Il serait difficile d'exprimer la joie que ressentit André dans son cœur ; il en rendit grâces à Dieu, il admira l'efficace de la grâce divine qui avait produit dans son père un changement si merveilleux ; mais, quand cette grâce prépare au martyre, doit-on être étonné qu'elle inspire l'héroïsme des senti·ments ?

AGLAÉ.

—

Vers l'an de Jésus-Christ 304, il y avait à Rome une femme puissante, nommée Aglaé, de la race des sénateurs; elle avait, pour gouverner ses biens, qui étaient immenses, soixante et un intendants, et un au-dessus de tous, nommé Boniface, avec lequel elle entretenait un commerce criminel. Il était adonné au jeu et à toutes sortes de débauches; mais il avait trois bonnes qualités, l'hospitalité, la libéralité, la compassion.

4

Aprés plusieurs années ainsi passées dans le crime, Aglaé, touchée de componction, l'appela, et lui dit : Boniface, tu vois en quels péchés nous sommes tombés, sans penser qu'un jour il faudra aller paraître devant Dieu. J'ai ouï dire aux chrétiens que, si quelqu'un sert les saints qui combattent pour Jésus-Christ, il aura part un jour au royaume de Dieu : je viens aussi d'apprendre que les serviteurs de Jésus-Christ souffrent pour lui de grands tourments en Orient; va donc, et nous apporte des reliques des saints martyrs, afin que nous les honorions, que nous leurs bâtissions des oratoires, et que par leur moyen nous soyons sauvés.

Boniface prit quantité d'or pour acheter des reliques et pour donner aux pauvres, avec douze chevaux, trois litières, et quantité de parfums pour honorer les reliques. En partant, il dit à sa maîtresse par plaisanterie : Madame, si je trouve des reliques des martyrs, je les apporterai; mais si mes reliques viennent sous le nom des martyrs, recevez-les. Aglaé lui dit : Quitte tes folies, et songe que tu vas quérir des reliques des saints; pour moi, pauvre pécheresse, je t'attends dans peu ; je prie le Dieu tout-puissant, qui a pris la forme d'esclave et répandu son sang pour nous, d'envoyer son ange devant toi, de conduire tes pas, et d'accomplir mes desseins, sans considérer mes péchés. Boniface partit, et durant le chemin il disait en lui-même : il est juste que je ne mange point de chair et que je ne boive point de vin, puisque, tout indigne que j'en suis, je dois porter les reliques des saints, ensuite, levant les yeux au ciel, il dit : Seigneur, Dieu tout-puissant, Père de votre Fils unique, dirigez mon voyage, afin que votre saint nom soit glorifié dans tous les siècles.

Après quelques jours de marche, il arrive à la ville de Tarse ; et sachant qu'il y avait des chrétiens qui combattaient pour la foi, il dit à ceux qui l'accompagnaient : Mes frères, allez chercher une hôtellerie, et faites reposer les chevaux ; pour moi, je m'en vais voir ceux que je désire le plus. Etant arrivé au lieu du combat, il vit les martyrs dans les plus horribles tourments ; l'un pendu la tête en bas, et du feu dessous, un autre attaché et tiré à quatre pieux. un autre scié par les bourreaux, un autre les mains coupées, tous tourmentés en différentes manières : ils étaient au nombre de vingt, et ce spectacle sanglant faisait grande horreur à tous les spectateurs. Boniface s'approcha d'eux, et les baisa avec respect, en criant : Qu'il est grand, le Dieu des chrétiens ! Qu'il est grand, le Dieu des martyrs ! Serviteurs de Jésus-Christ, je vous conjure de prier pour moi, afin que j'entre avec vous en part du combat contre les démons. Il s'assit à leurs pieds, et leur disait : Combattez généreusement, le tourment est court, et la récompense est éternelle.

Le gouverneur l'aperçut, et dit en colère : Qui est celui-là qui se moque ainsi des dieux et de moi ? Qu'on le saisisse et qu'on l'amène devant mon tribunal ; puis il dit:

« Qui es-tu, toi qui méprises la splendeur de mon siége ?

Boniface. Je suis chrétien, et je méprise vos dieux.

Le juge. Comment t'appelles-tu?

Boniface. Je vous l'ai déjà dit, je suis chrétien, et si vous cherchez mon nom, on m'appelle Boniface.

Le juge. Avant que je te fasse tourmenter, approche et sacrifie.

Boniface. Je vous dis encore que je suis chrétien, et que je ne sacrifie point aux démons; voilà mon corps, faites ce que vous voudrez.

Le juge en fureur fit aiguiser des roseaux, et les lui fit enfoncer dans les oncles des mains. Boniface regardait le ciel, et souffrait patiemment. Le juge ordonna qu'on lui ouvrît la bouche, et qu'on y versât du plomb bouillant. Boniface dit : Seigneur Jésus-Christ, Fils de Dieu, venez à mon aide, et ne souffrez pas que je sois vaincu. Le plomb fondu ne lui fit aucun mal, de même qu'une chaudière de poix brûlante dans laquelle il fut jeté. Enfin, après divers supplices qui

durèrent tout ce jour et le lendemain matin,
le gouverneur, épouvanté de la puissance de
Jésus-Christ, et de la constance du martyr,
commanda qu'on lui coupât la tête. C'est
ainsi qu'il remporta la couronne du martyr.

Cependant les compagnons de Boniface le
cherchaient partout, et ils se disaient l'un à
l'autre : Il est sans doute dans quelque caba-
ret ou ailleurs à se réjouir, tandis que nous
nous tourmentons à le chercher. En discou-
rant ainsi, ils rencontrèrent le frère du geô-
lier, et lui dirent : N'auriez-vous point vu
un étranger venu de Rome ? Il leur répondit :
Hier il y eut un étranger qui fut martyrisé
pour Jésus-Christ, et qui eut la tête tran-
chée. Celui que nous cherchons, dirent-ils,
est un ivrogne et un débauché, qui n'a rien
de commun avec le martyr. Il leur dit : Comment est-il fait ? Ils dirent : C'est un homme
quarré, épais, blond, qui porte un manteau
d'écarlate. Il dit : Je vous assure que celui
que vous cherchez souffrit hier le martyre :
que vous coûtera-t-il de le venir voir ? Ils le

suivirent, et il leur montra son corps éten-
du. L'ayant reconnu, ils pleurèrent amère-
ment, et s'écrièrent : Serviteur de Jésus-
Christ, pardonnez nous tout le mal que nous
avons dit de vous. Ils dirent à l'officier. Nous
vous prions de nous donner son corps. Il le
refusa, et il fallut lui donner cinq cents piè-
ces pour l'obtenir. Ils l'emportèrent, l'em-
baumèrent, et l'enveloppèrent de linges
précieux dans une litière, et reprirent leur
chemin, louant Dieu de son heureuse fin.

Cependant un ange apparut à Aglaé; il
lui dit : Celui qui était votre esclave est à
présent votre frère; recevez-le comme votre
Seigneur, et le placez dignement; vos péchés vous seront remis par son intercession.
Elle se leva promptement, prit avec elle des
ecclésiastiques pieux, et portant tous des
cierges et des parfums, ils allèrent au-de-
vant des saintes reliques. Aglaé fit bâtir un
oratoire digne du saint martyr; il s'y opéra
plusieurs miracles. Dès-lors Aglaé renonça
pour toujours au monde, donna tout son
bien aux pauvres, se consacra entièrement

au service de Jésus-Christ : elle vécut encore dans ces exercices de piété treize ans, après lesquels elle s'endormit au Seigneur, et fut enterrée auprès de saint Boniface.

TRIOMPHE DE LA FOI.

UNE FEMME CHRÉTIENNE.

Sous l'empereur Valens, hérétique arien,
il y avait dans la ville d'Edesse, en Mésopo-
tamie, un grand nombre de chrétiens. L'empereur avait ordonné qu'on fermât les églises
des catholiques; mais les fidèles s'assemblaient les dimanches, hors de la ville, pour
y assister aux offices divins. L'empereur, en
étant instruit, ordonna qu'on mît à mort

tous les chrétiens qui s'y assembleraient encore. Le préfet de la ville (Modeste), moins barbare que l'empereur, avertit secrètement les chrétiens de ne plus s'y assembler, et leur dit les ordres qu'il avait reçus. Le dimanche suivant, jamais l'assemblée n'avait été si nombreuse. Le gouverneur allait avec ses soldats, mais bien malgré lui, mettre à. mort ces généreux chrétiens. En traversant la ville, il vit une pauvre femme qui sortait brusquement de sa maison, sans même en fermer la porte, tenant un enfant par la main. Elle était si pressée, qu'elle traversa la file des soldats. Modeste la fit arrêter, et lui demanda où elle allait-si vite.

— Je me presse, dit-elle, d'arriver où les catholiques sont assemblés.

— Vous ne savez donc pas, dit le préfet, que je vais pour faire mourir tous ceux qui s'y trouveront?

— Je le sais, répondit cette femme, et c'est pour cela que je me presse, craignant de manquer l'occasion de souffrir le martyre.

Mais pourquoi y conduisez-vous cet enfant! ajouta le préfet.

— Afin, dit-elle, qu'il ait part au même bonheur.

Modeste, étonné du courage de cette sainte mère, retourna au palais de l'empereur, il lui persuada de renoncer à un projet aussi honteux et aussi cruel, tant la vertu a d'ascendant sur ceux même qui la persécutent !

UN SOLITAIRE.

Un jour que l'empereur Valens regardait d'une galerie de son palais sur le grand chemin, le long de l'Oronte, il aperçut un vieillard couvert d'un méchant manteau, et marchant avec une précipitation étonnante pour son grand âge; il voulut savoir comment il se nommait, et pourquoi il faisait tant de diligence. On lui dit que c'était le solitaire Aphraate, pour qui toute la ville était pénétrée de la plus profonde vénération, et qu'il se rendait à la place où les catholiques s'assemblaient.

— Que prétends-tu? lui cria aussitôt le prince et pourquoi abandonnes-tu la retraite où tu devrais te tenir enfermé, selon la règle ascétique.

— Vous avez raison, Seigneur, repartit Aphraate, je devais garder la solitude ; mais la vierge la plus retirée et la plus timide demeurerait-elle assise et tranquille dans la maison paternelle, quand elle y voit l'incendie! Elle court, au contraire, de tous côtés pour donner et procurer du secours. Les ariens, que vous protégez, mettent le feu à l'église : je vole pour l'éteindre.

L'empereur fut piqué de cette réponse, mais le peuple en fut édifié, et apprit, par l'exemple du saint solitaire, que lorsque la religion est attaquée, il n'est aucun chrétien qui, quelque soit son état, ne doive se

faire un devoir de la soutenir et de la défendre.

LA LÉGION THÉBÉENNE.

L'empereur Maximien ayant ordonné que
toute l'armée ferait un sacrifice aux dieux
pour obtenir le succès des armes de l'em-
pire, la légion Thébéenne, où il n'y avait
que des soldats chrétiens, s'éloigna pour n'y
pas assister. L'empereur lui enjoignit de
revenir au camp général, et de se réunir au
gros de l'armée pour l'oblation du sacrifice.
Mais comme ils refusaient tous de participer
à cette cérémonie sacrilége, il les fit décimer,
et les soldats sur lesquels tomba le sort furent
mis à mort. Les autres restèrent inébran-
lables, s'entr'exhortèrent à persévérer fidèle-
ment dans leur religion. Cette première dé-
cimation fut suivie d'une seconde qui ne
produisit pas plus d'effet. Maximien fit dire

alors à la légion qu'ils périraient tous s'ils persistaient dans leur désobéissance. Tous, animés par Maurice, Exupère et Candide, leurs principaux officiers, envoyèrent à l'empereur la réponse que nous allons rapporter en substance : « Nous sommes vos soldats, mais nous sommes aussi les serviteurs du vrai Dieu. Nous vous devons le service militaire et l'obéissance, mais nous ne pouvons renier celui qui est notre créateur et notre maître, comme il est aussi le vôtre dans le temps même que vous le rejetez. Vous nous trouverez dociles à vos ordres dans toutes les choses qui ne sont point contraires à la foi, et notre conduite passée doit vous en répondre. Nous sommes prêts à nous opposer à vos ennemis en quelque lieu qu'ils soient mais nous ne pouvons tremper nos mains dans le sang innocent. Nous avons fait serment à Dieu avant de vous le faire; vous fieriez-vous au second serment si nous allions violer le premier? Vous voulez que nous punissions les chrétiens, et nous le sommes tous. Nous avons vu massacrer nos compa-

gnons sans les plaindre, et nous nous sommes même réjouis du bonheur qu'ils avaient
de mourir pour la religion. L'extrémité à
laquelle on nous réduit n'est point capable
de nous inspirer des sentiments de révolte.
Nous avons les armes à la main; mais nous
ne savons ce que c'est que de résister, parce
que nous aimons mieux mourir innocents,
que de vivre coupables. »

De si beaux sentiments et une conduite si
sage auraient dû dissiper les préjugés de
l'empereur, et lui faire regarder ces soldats
chrétiens comme les plus fidèles de tous ses
sujets. Mais l'expérience nous a appris que
rien ne peut détromper ni désarmer les ennemis de la religion; et l'attachement qu'on
montre pour elle est le seul crime qu'il ne
pardonne pas. Loin donc de se laisser fléchir
par les remontrances de ces soldats religieux,
Maximien n'en devint que plus furieux contre
eux; et désespérant d'ébranler leur cons-
tances, il les fit investir par son armée, qui
les massacra. On n'en vit pas un seul faire la
moindre résistance : tous mirent bas les ar-

5.

mes, et se laissèrent tranquillement immoler par les soldats païens. La légion Thébéenne était pourtant composée de six mille hommes bien armés, qui pouvaient du moins vendre leur vie bien cher. Mais ils savaient qu'en rendant à Dieu ce qui est à Dien, il faut aussi rendre à César ce qui est à César ; et, fidèles aux maximes de leur religion, ils se firent un devoir de préférer le martyre à l'apostasie et à la rebellion.

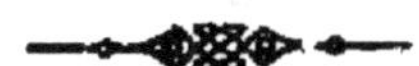

HORMISDAS.

Varanes, roi de Perse, ayant renouvelé la persécution que Cosroès II avait excité contre l'Eglise, fit comparaître devant lui Hormisdas, issu d'une des plus anciennes familles du royaume, et lui ordonna de renier Jésus-Christ.

— En faisant ce que vous exigez de moi,

lui dit Hormisdas, j'offenserais Dieu ; et quiconque serait capable de violer la loi suprême du souverain Seigneur de toutes choses, ne resterait pas long-temps fidèle à son prince, qui n'est qu'un homme mortel.

— Cette sage réponse fit entrer le roi dans une étrange colère ; il dépouilla Hormisdas des biens et des honneurs dont il jouissait ; il lui fit même ôter ses habits, ne lui laissant qu'un morceau de toile qui lui ceignait les reins. Après l'avoir réduit en cet état, il le chassa de sa présence, et le condamna à conduire les chameaux de l'armée. Le saint souffrait avec joie ce barbare traitement. Long-temps après Varanes l'ayant aperçu par une fenêtre de son palais, remarqua qu'il était tout brûlé du soleil et couvert de poussière. Le souvenir de ce qu'il avait été parut le toucher ; il l'envoya chercher, et lui fit donner une tunique, en lui disant :

— Quittez donc enfin votre opiniâtreté, et renoncez au fils du charpentier.

— Hormisdas, transporté d'un saint zèle, mit la tunique en pièce, et dit au roi :

— Gardez votre présent, puisque vous voulez me le faire acheter par l'apostasie.

— C'est ainsi que l'on parle et que l'on agit, lorsque, fermant l'oreille à la voix de l'ambition et de l'intérêt, on n'écoute que celle du devoir et de la religion. Mais il faut avoir pour cela une foi vive ; et c'est ce qui manque à plusieurs des chrétiens.

LA PESTE.

Dans le temps que la peste ravageait la ville d'Alexandrie de la manière la plus effrayante, la crainte de mourir, dit saint Denis de Corinthe cité par Eusèbe, éloignait les païens de leurs amis et de leurs proches. Ils ne les voyaient pas plus tôt frappés de la maladie, qu'ils les abandonnaient sans secours. Ils les jetaient même à demi morts dans les rues, et refusaient la sépulture à ceux qui ne vivaient plus. Mais les chrétiens montrèrent en cette occasion de quoi la charité est capable. Ces hommes, qui pendant la persécution avaient été obligés de se cacher et de tenir leurs assemblées dans les déserts, qui n'avaient pu offrir les saints mystères que dans les prisons ou des lieux souterrains; ces hommes, dis-je, accoururent au secours des pestiférés, et se dévouèrent même au service de leurs plus implacables persécuteurs. Ils fermaient les yeux et la bouche aux morts, et les emportaient ensuite sur leurs épaules pour leur rendre les derniers devoirs. Plusieurs furent victimes de leur charité; mais ils laissaient en mourant de fidèles imitateurs de leur zèle, lesquels, a leur tour, étaient remplacés par d'autres. « C'est ainsi, ajoute Saint Denis, que les plus pieux de nos frères, que les plus saints de nos prêtres, de nos diacres, et mêmes de nos laïques, ont terminé leur vie, et il est hors de doute que ce genre de mort ne diffère en rien du martyre; mais il n'est pas moins certain qu'il n'y a que les motifs surnaturels que nous

offre le christianisme qui puissent déterminer
les hommes à se sacrifier ainsi pour leurs
semblables. La différence qu'on remarqua
entre la conduite des chrétiens et celle des
païens, à l'occasion du fléau dont nous ve-
nons de parler, en est la preuve la plus sensible.

LE SACRILÉGE PUNI.

Lothaire, roi de Lorraine, au mépris des
lois du christianisme, avait rompu les liens
sacrés qui l'unissaient à la reine Theutberge
sa femme, pour épouser une jeune personne
nommée Valrade, qui l'avait séduit par ses
attraits et ses artifices. Le pape Nicolas ayant
condamné ce second mariage et excommunié
le roi, ce prince écrivit à son successeur
pour demander qu'il lui fût permis d'aller
se justifier à Rome, et qu'on ne lui refusât
point la grâce de visiter les tombeaux des
saints apôtres. Adrien, qui était souverain

pontife, crut devoir condescendre à ses dé-
sirs, et l'artificieux prince s'étant rendu
auprès de lui, fit toutes les soumissions
propres à le gagner. Après avoir promis tout
ce qu'on exigeait de lui, il souhaitait, sur
toute chose, que le pape le réconciliât solen-
nellement, en célébrant les saints mystères
en sa présence, et en lui donnant une communion de sa main. Adrien y consentit,
pourvu néanmoins que le roi n'eût eu aucun
commerce, même de paroles, avec Valrade
depuis que le pape Nicolas l'avait excommunié.

Les choses étant ainsi arrêtées, l'aveugle
Lothaire s'applaudissait, ne pensant pas qu'il
était à la veille de fournir dans sa personne
un des plus terribles exemples de la punition
des communions indignes. Au jour et au lieu
convenus, le pape célébra en présence du
roi. A la fin de la messe, le pape prenant en
main le corps de Jésus-Christ, et se tournant
vers Lothaire : « Prince, lui dit-il d'une voix
haute et distincte, si vous n'êtes pas coupa-
ble de l'adultère depuis que vous avez été

averti par le pape Nicolas, et si vous avez fait une ferme résolution de n'avoir plus de commerce avec Valrade, approchez avec confiance, et recevez le Sacrement de la vie éternelle. Mais si votre pénitence n'est pas sincère, n'ayez pas la témérité de recevoir le corps et le sang de votre Seigneur, et de vous incorporer, en les profanant, votre propre condamnation. » Lothaire frémit sans doute à ces mots, mais l'excès du crime était résolu ; il le consomma. Il ajouta le parjure au sacrilége ; et plutôt que de reculer, il se précipita dans l'abîme qu'on lui montrait ouvert à ses pieds. Le pape s'adressant ensuite aux grands qui communiaient avec le roi, il dit à chacun d'eux : « Si vous n'avez ni contribué ni consenti aux adultères de votre maître avec Valrade, et si vous n'avez pas communiqué avec les autres personnes anathématisées par le Saint-Siége, que le corps du Seigneur vous soit un gage de salut éternel. » L'horreur du sacrilége en fit retirer quelques-uns ; mais la plupart communièrent avec le roi.

Après cette fatale communion, Lothaire dîna avec le pape, et lui fit des présents magnifiques, et en reçut à son tour d'Adrien, et quelques jours après il partit fort content. Mais à peine fut-il arrivé à Lucques, que lui-même et presque tout son cortége furent attaqués d'une fièvre maligne, qui produisit les effets les plus étranges et les plus effrayants. Les cheveux, les ongles, la peau même leur tombaient au-dehors, tandis qu'un feu interne les dévorait. La plupart moururent sous les yeux du roi. Il ne laissa pas de continuer sa route, uniquement occupé de l'objet de son aveuple passion qu'il lui tardait de rejoindre. Il se fit porter jusqu'à Plaisance, où il perdit la connaisance avec la parole, et mourut sans donner aucun signe de repentir. On observa que ceux de ses gens qui avaient profané le corps du Seigneur moururent de la même manière. Ceux qui s'étaient retirés de la sainte table furent les seuls que la mort épargna ; en sorte qu'on ne put méconnaître la vengeanee du ciel.

LES FLATTEURS CONFONDUS.

—

Canut, l'un des plus saints rois qu'ait eus l'Angleterre, craignait autant le langage de l'adulation qu'il aimait celui de la vérité. Un jour, qu'il se trouvait au voisinage de Winchester, sur le rivage de la mer, l'un de ses courtisans, par une de ses flatteries idolâtriques dont on ne se fait pas scrupule dans les cours les plus chrétiennes, lui donna le titre superbe de rois des rois, et de maître de la mer ainsi que de la terre. Le prince, sans rien répondre, plia son manteau, le mit au bord des ondes, et s'assit dessus. Apès quoi, voyant venir le flux : « Tu es soumise à mes ordres, dit-il à la mer : je te commande de respecter ton maître, et de ne point venir jusqu'à lui. » On écoutait avec étonnement, lorsque les premiers flots venant à mouiller les pieds du roi : « Vous voyez, dit-il, comment je suis le maître de la mer. Apprenez par là ce que c'est que la puissance des rois mortels, et qu'à proprement parler, il n'est point d'autre roi que cet cet Être suprême par qui la terre, la mer, tous les éléments ont été créés et sont gouvernés. » Après cette grande leçon, il se leva, et, suivi de tous ceux qui l'environnaient, alla droit à l'église de Winchester. Là, mettant sur la tête du crucifix le diadème qu'il avait coutume de porter, il protesta que celui-là seul méritait de porter la couronne, à qui toutes les créatures obéissent. Il n'en voulut jamais user dans la suite. Canut mourut peu après une action si digne de terminer un règne qui n'avait presque été qu'une suite continuelle de bonnes œuvres.

L'APOTRE INTRÉPIDE.

—

Saint François d'Assise, étant allé en Egypte pour y prêcher l'Evangile, apprit dans le camp des Croisées, où il s'était rendu, qu'aucun fidèle ne pouvait en sortir sans un danger funeste, parce qu'il était cerné de tous côtés par les Sarrasins, et que leur sultan Mélic-Camel avait promis une récompense à quiconque lui apporterait la tête d'un chrétien. Une situation aussi périlleuse tenait dans l'inaction le courage des plus vaillants guerriers ; mais rien ne put arrêter ou intimider celui de François, qui trouva moyen de se dérober, et marcha au camp des infidèles avec un seul compagnon. Ayant rencontré deux brebis, il dit au religieux qui l'accompagnait :

— Prenons courage, mon frère, sur les promesses de celui qui nous envoie comme des brebis au milieu des loups.

— Pientôt ils virent accourir sur eux des Sarrasins, qui les garrotèrent en les chargeant de coups et et d'injures. François leur dit avec assurance :

— Je suis chrétien ; j'ai affaire avec votre maître ; ne tardez point à m'y conduire.

— Lorsqu'on les présenta au sultan, il leur

demanda qu'il les envoyait. François répondit :

— C'est le Seigneur Très-Haut qui m'envoie pour vous montrer le chemin du ciel, à vous et à votre peuple.

— Le sultan, charmé de sa fermeté, lui donna plusieurs audiences dans l'espace de peu de jours, et l'invita à se fixer auprès de lui.

— Je demeurerai volontiers, répondit François, si vous voulez vous convertir avec votre peuple. Que si vous avez quelque doute sur la nécessité d'abandonner la loi de Mahomet pour embrasser celle de Jésus-Christ, faites allumer un grand bûcher, et j'y entrerai avec les docteurs de votre religion, afin que le Dieu créateur des chrétiens vous fasse connaître quelle est la loi qu'il faut suivre.

— Je doute fort, reprit Méladin en souriant, qu'aucun des imans veuille entrer dans le feu pour sa religion.

— En effet, un des plus anciens avait déjà

disparu, tremblant au premier défi du saint homme, qui repartit au sultan.

— Eh bien ! j'y entrerai seul, si vous me promettez, pour vous et pour vos sujets, de vous faire chrétiens, supposé que j'en sorte sain et sauf,

— Méladin répondit alors sérieusement qu'il craignait une révolte s'il faisait cette convention. Il offrit de riches présents au saint, qui, en les refusant, se rendit encore vénérable à ses yeux. Puis il le congédia et lui dit en soupirant :

— Priez pour moi, mon père, afin que Dieu me fasse connaître la religion qui lui est la plus agréable.

TRAITS DÉTACHÉS

TIRÉS DE DIVERS AUTEURS.

—

Des brigands qui avaient découvert saint Hilarion dans sa retraite, voyant qu'ils n'avaient rien à enlever à un homme dépouillé de tout, résolurent de se divertir à lui faire peur. Ils s'approchèrent donc de lui, sans se donner pour ce qu'ils étaient, et lui demandèrent s'il ne craignait pas les voleurs qui infestaient la vaste forêt qu'il habitait.

— Pourquoi craindrais-je, répliqua le Saint, puisque je ne possède rien.

— Mais ils peuvent vous ôter la vie, poursuivirent les brigands.

— Cela est vrai, dit Hilarion, mais quand on n'a d'attache à rien dans ce monde, on craint peu de le quitter.

—

Un jeune homme qui voulait embrasser la vie solitaire alla consulter un jour saint Macaire, qui était chef d'un célèbre monastère d'Egypte. Le saint abbé lui ordonna de se rendre dans un lieu rempli de morts, et de leur dire des injures. Il l'y fit retourner une seconde fois pour leur donner des louanges. A son retour, il leur demanda quelle réponse les morts lui avaient faite?

— Ils n'ont répondu, dit le jeune homme, ni aux louanges ni aux injures.

— Allez donc, reprit le Saint, et imitez leur insensibilité. Si vous mourez au monde et à vous-même, vous commencerez à vivre pour Jésus-Christ.

Quelques philosophes demandèrent un jour à saint Antoine à quoi il pouvait s'occuper dans son désert, puisqu'il était privé du plaisir que l'on goûte dans la lecture.

—La nature, répondit-il, est pour moi un livre qui me tient lieu de tous les autres : elle m'apprend à connaître la puissance, la grandeur, la bonté infinie du Créateur du ciel et de la terre, du souverain maître de l'univers ; et c'est là la seule science qui soit nécessaire à l'homme, la seule qu'il doive chercher à acquérir.

—

Tandis que les chirurgiens se préparaient à extirper un cancer qui depuis long-temps rongeait la poitrine de saint Joseph de Léonissa, quelqu'un des assistants, craignant que la douleur ne lui fît faire quelque mouvement qui empêchât le succès de l'opération, proposa de le lier; mais le Saint montrant le crucifix qu'il tenait à la main :

— Voilà, dit-il, le plus fort de tous les

liens; il me tiendra immobile beaucoup mieux que toutes les cordes.

—

Lorsque saint Norbert, apôtre de la France et de l'Allemagne, vint prendre possession de l'archevêché de Magdebourh qu'on lui avait donné malgré lui, il était vêtu si pauvrement que le portier lui refusa l'entrée et le repoussa brusquement en lui disant :

— Que ne te ranges-tu parmi les pauvres, il te convient bien d'incommoder ces sei-gneurs.

Tont le monde cria au portier que c'était l'archevêque, et le portier, confus voulut se cacher; mais Norbert le retint, et lui dit en souriant :

— Vous me connaissez mieux que ceux qui me forcent à occuper un palais.

—

Lorsqu'on faisait à saint François de Borgia, duc de Candie, des représentations sur l'abondance de ses aumônes, il répondit :

— Si j'avais dépensé pour mes plaisirs une somme encore plus considérable, personne n'y trouverait à redire. Mais j'aime mieux que l'on me blâme, et me priver même du nécessaire, que de laisser dans la misère les membres souffrants de Jésus-Christ.

—

Un jour que saint Dominique venait de prêcher, on lui demanda dans quel livre il avait étudié son sermon :

— Le livre dont je me suis servi, répondit-il, est celui de la charité.

—

Tandis que Ferdinand, roi d'Aragon et de Castille, faisait la guerre aux Maures, un de ces prétendus politiques qui comptent pour rien la misère des peuples, s'avisa de lui proposer un moyen de lever un subside extraordinaire.

— A Dieu ne phaise, dit le prince avec indignation, que j'adopte votre projet! La Providence saura m'assister par d'autres voies. Je crains plus les malédictions d'une pauvre femme que toute une armée de Maures.

—

Saint Thomas d'Aquin étant venu voir saint Bonaventure, et lui ayant demandé dans quel livre il avait puisé la science qui brillait dans ses ouvrages :

— Voilà, dit-il en lui montrant son crucifix, la source où je puise mes connaissances. J'étudie Jésus, et Jésus crucifié.

La populace révoltée ayant porté l'audace jusqu'à jeter des pierres aux statues de Constantin, ses ministres l'exhortaient à tirer une vengeance éclatante de cet attentat commis, disaient-ils, contre sa personne. Mais

ce prince, portant la main sur son visage,
leur répondit avec douceur :

— Il faut que la blessure soit bien légère,
puisqu'il n'en reste aucune trace.

—

Comme l'empereur Théodose accordait la
grâce à tous les criminels qui trouvaient le
moyen de la lui faire demander, Pulchérie,
sa sœur, crut devoir lui représenter les dangers d'une clémence excessive.

— Ah ! ma sœur, lui répondit-il ; il nous
est aisé de faire mourir un homme ; mais il
n'y a que Dieu qui puisse le faire ressusciter.

—

Un jour que le jeune prince don Jacques,
fils de Philippe II, roi d'Espagne, regardait
par une fenêtre où il était incommodé par le
vent, il s'impatienta, et par un mouvement
d'enfant, il commanda au vent de le laisser
en repos. Saint Louis de Gonzague, qui était

alors auprès de lui en qualité d'enfant d'honneur, profitant de cette occasion pour lui
inspirer la crainte de Dieu, lui fit, avec autant de douceur que de politesse, cette petite
leçon qui, étant ensuite rapportée à Philippe
II, mérita d'être louée de ce sage monarque :

— Seigneur, lui dit-il, vous pouvez com-
mander aux hommes ; mais les éléments
n'obéissent qu'à Dieu, à qui il faut que vous
obéissiez vous-même.

—

Saint Grégoire de Nazianze voyant qu'il ne
pouvait continuer à occuper le siége de Cons-
tantinople, où le souverain, le peuple et un
concile l'avaient placé, sans nuire à la paix
de l'Église, se présenta aux évêques assemblés, et leur dit, en faisant allusion à l'histoire du prophète Jonas :

— Si je vous suis une occasion de trouble,
jetez-moi dans la mer pour apaiser la tem-
pête.

Et ensuite il alla donner sa démission à l'empereur.

C'est ainsi que tout homme vertueux doit sacrifier son intérêt particulier au bien général et à la gloire de la religion.

—

Tandis que tout le monde s'empressait d'honorer saint François d'Assise, son compagnon lui témoigna beaucoup d'étonnement de ce qu'il recevait ces honneurs.

— Mon frère, lui répondit l'homme de Dieu, ignorez-vous que ces respects s'adressent à Dieu? C'est à moi à les lui renvoyer, comme les hommages rendus à la statue doivent retourner à l'original.

Il ne faudrait que se rappeler cette sage réponse pour se préserver des illusions de la vanité.

—

Un des courtisans de Charles V, roi de

France, le félicitait sur les prospérités de son règne.

— Oui, dit-il, je suis véritablement heureux, parce que j'ai le pouvoir de faire du bien.

—

Un néophyte japonais interrogé sur ce qu'il répondrait au roi s'il lui commandait de renoncer au Christianisme :

— Je lui répondrais hardiment, dit-il : Seigneur, vous voulez sans doute que je vous sois fidèle, prêt à exposer ma fortune et ma vie pour votre service ; qu'à l'égard de mes égaux je sois modéré, doux et bienfaisant envers mes inférieurs ; soumis à mes maîtres ; équitable envers tout le monde : ordonnez-moi donc de demeurer chrétien, car le chrétien seul est tout cela.

—

— Vous prétendez que vous savez bien votre catéchisme, disait un évêque à un jeune enfant : eh bien ! je vous donne une belle orange, si vous me dites où est Dieu·

— Et moi, monseigneur, répondit l'enfant, je vous en donne deux, si vous me dites où il n'est pas.

—

Avant d'épouser Charles d'Autriche, qui fut depuis l'empereur Charles VI, la princesse Elisabeth Christine de Volfembutel crut devoir, pour la tranquillité de sa conscience, consulter les Luthériens mêmes, dont elle avait jusqu'alors professé la religion. Les docteurs protestants, assemblés à Helmstadt, répondirent que « les catholiques ne sont point dans l'erreur pour le fond de la doctrine, et qu'on peut se sauver dans la leur. »

— Dès que cela est ainsi, dit la princesse en appuyant cette décision, il n'y a plus lieu d'hésiter, et dès demain j'embrasse la foi de l'Eglise romaine ; car le parti le plus sûr, dans une matière si importante, est toujours le parti le plus sage.

Le père de la princesse tint le même langage, et s'attacha comme elle à la religion catholique.

—

Un ambassadeur de France en Angleterre étant revenu d'une maladie mortelle, des seigneurs de la cour lui demandèrent s'il n'aurait pas été bien fâché de mourir et d'être enterré parmi eux, qui étaient hérétiques.

— Non, répondit-il, j'aurais seulement ordonné qu'on creusât ma fosse un peu plus bas, et je me serais trouvé avec les catholiques.

Il ne pouvait pas reprocher plus ingénieusement à ces seigneurs que leur religion était nouvelle, puisque la véritable remonte à Jesus-Christ, par une succession continuelle de souverains pontifes et de pasteurs légitimes.

Un seigneur de la cour d'Alexandre IX, duc de Savoie, avait un nombre prodigieux de chiens qu'il nourrissait uniquement pour les plaisirs de la chasse. Un jour qu'il s'entretenait avec ce prince de la grande dépense que lui causaient ces animaux, le roi, indigné d'un argent si mal employé, lui dit d'un ton sévère :

—Apprenez, Monsieur, qu'il ne faut point nourrir d'autres chiens que les pauvres; du moins ils servent pour prendre le ciel d'assaut.

L'empereur Théodose le Grand écrivit à Ruffin, préfet du prétoire :

— Si quelqu'un parle mal de notre personne ou de notre gouvernement, nous ne voulons pas le punir; s'il a parlé par légèreté, il faut le mépriser; si c'est par folie, il faut le plaindre; si c'est une injure, il faut lui pardonner.

—

La sœur de saint Thomas d'Aquin lui de-

mandait un jour comment elle pourrait se
sauver : « En le voulant », lui répondit le
saint.

—

On reprochait à l'empereur Théodose le
Jeune, d'être trop bon et trop doux envers
ses ennemis.

— En vérité, répondit-il, bien loin de
faire mourir les vivants, je voudrais pouvoir
ressusciter les morts.

—

Le duc de Mayence, qui avait fait la guerre
et disputé la couronne à Henri IV, était fort
gros et mauvais piéton. Le roi, se prome-
nant un jour avec lui, prit plaisir à le las-
ser, en le faisant marcher beaucoup. Le duc
lui demanda quartier.

— Mon cousin, lui répondit Henri IV,
voilà la seule vengeance que je prendrai jamais de vous.

On reprochait un jour à ce même prince qu'il traitait avec trop de bonté les ligueurs, ses ennemis irréconciliables. Il répondit :

— Dieu me pardonne, je dois pardonner; il oublie mes fautes, je dois oublier celles de mon peuple. Que ceux qui ont péché se repentent, et qu'on ne m'en parle plus.

—

Une dame se trouvait en voyage avec deux ministres protestants. Ils se mirent à parler contre la religion catholique, badinèrent beaucoup sur plusieurs de ses usages, et vantèrent la réforme que Luther avait faite. La dame qui jusqu'alors avait gardé le silence, leur dit en riant :

— Il faut avouer, messieurs, que vous avez fait une admirable réforme; vous avez ôté le carême, la messe, la confession, le purgatoire; ôtez encore l'enfer, et je serai des vôtres

Ils ne répliquèrent pas un mot, et ne parlèrent plus de religion.

Un jeune incrédule étant allé voir à Dijon le père Oudin, jésuite, et l'un des plus savants littérateurs de son temps, voulut aussitôt rentrer en dispute avec lui sur la religion. Mais le père Oudin l'interrompit en disant qu'il n'aimait pas à disputer avec personne sur les points importants de notre foi.

— C'est pourquoi, ajouta-t-il, trouvez bon que nous n'en parlions pas.

— Du moins, mon père, ajouta le petit-maître en pirouettant sur un pied, je suis bien aise de vous apprendre que je suis athée.

Alors le père Oudin, gardant un profond silence, se mit à le regarder et à l'examiner avec étonnement et avec dédain.

— Qu'ai-je de si singulier, mon père, répliqua le jeune homme, et que regardez-vous donc avec tant de curiosité?

— Je regarde, monsieur, dit le père Oudin, la bête qu'on appelle athée, et que je n'avais jamais vue.

A ces mots le petit-maître se retira tout confus.

Quelques jeunes libertins se trouvant avec un religieux d'un ordre très-austère, se mirent à le plaisanter sur son genre de vie, et finirent par lui dire :

— Ah ! mon père, vous serez bien attrapé, s'il n'y a point de paradis.

— Vous le serez bien plus, leur répondit le religieux, s'il y a un enfer comme la religion nous l'apprend.

—

Mézerai, historiographe de France, avait affecté, durant tout le cours de sa vie, une espèce d'incrédulité qui était plus dans sa bouche que dans son cœur. Mais pendant sa dernière maladie, il fit venir ceux de ses amis qui avaient été les témoins les plus ordinaires de sa licence à parler sur les choses de la religion, et après les avoir priés d'oublier ce qu'ils avaient pu dire autrefois, il ajouta :

— Souvenez-vous, mes amis, que Mézerai mourant est bien plus croyable que Mézerai en santé.

Un des plus célèbres partisans de la philosophie autrichienne disait, il n'y a pas longtemps, à une dame d'esprit :

— Avouez, madame, que nous avons abattu bien du bois dans la forêt des préjugés.

— C'est pour cela, répliqua-t-elle, que vous avaiz débité tant de fagots.

—

Un gentilhomme demandait au chevalier Bayard quels biens devait laisser un noble à ses enfants ?

— Ce qui ne craint, répondit le chevalier, ni le temps, ni la puissance humaine : la sagesse et la vertu.

Tous les pères doivent prendre pour eux cette sage réponse.

—

Quelqu'un témoigna un jour à Eveillon, chanoine et grand archidiacre d'Angers, sa surprise de ce qu'il n'avait aucune de ses chambres tapissées.

— Quand en hiver j'entre dans ma maison, répondit-il, mes murailles ne me disent
pas qu'elles ont froid ; mais les pauvres qui
sont à ma porte tout tremblants me crient
qu'ils ont besoin de vêtements.

—

Quelqu'un reprochant à M. de Tressema-
nes, évêque de Sénez, son extrême simpli-
cité qui l'empêchait d'avoir un équipage, il
lui répondit :

J'aime mieux nourrir des hommes que des
chevaux.

Lorsque l'illustre chancelier d'Aguesseau
n'était encore que procureur-général, on
l'exhortait un jour à suspendre les fatigues
auxquelles il se livrait dans l'administration
des hôpiteaux.

— Eh ! puis-je me reposer, répondit-il,
quand je sais qu'il y a des hommes qui souffrent !

—

Une dame de la cour disait un jour à la reine, épouse de Louis XV, que les trésors de l'Etat lui suffiraient à peine pour fournir à ses aumônes.

— Tout le bien d'une mère appartient aux enfants, répondit l'auguste et charitable princesse.

—

Après avoir jeté au feu certains papiers qu'on lui demandait en lui offrant une somme considérable, mais qu'il ne pouvait livrer sans blesser son honneur et sa conscience, M. d'Aubigné dit à quelqu'un qui l'en reprenait vivement :

— Je les ai brûlés de peur qu'ils ne me brûlassent ; car j'aurais pu succomber à la tentation.

— Il serait bien à souhaiter que ceux qui ont de mauvais livres agissent et parlassent comme ce seigneur.

FIN.

IMP.-LIBRAIRIE DE BARBOU FRÈRES.